A TRAVERS LE TROCADÉRO

DISCOURS

PRONONCÉ A LA

DISTRIBUTION DES PRIX

DU

LYCÉE JANSON-DE-SAILLY

Sous la présidence de

M. le Dr MARMOTTAN

DÉPUTÉ ET MAIRE DU XVIe ARRONDISSEMENT

LE MARDI 31 JUILLET 1894

PAR

M. L. LANIER

PROFESSEUR D'HISTOIRE

PARIS

IMPRIMERIE NOIZETTE ET Cie

8, RUE CAMPAGNE-PREMIÈRE, 8

1894

Chers Élèves,

L'Université a des traditions sévères qui, dans ce siècle où tout change, demeurent immuables. Elle n'entend pas que nous prenions congé les uns des autres sans solennité, et, à la place d'honneur qu'elle me confie, j'ai peur que la cordialité sincère de mon adieu officiel ne suffise pas à en bannir tout à fait l'ennui. De quoi en effet vous parler sans risquer de vous déplaire, dans cette réunion finale, à l'heure où vous allez quitter pour deux mois les bancs scolaires, témoins complaisants de vos labeurs et parfois de vos mollesses, et les arbres de vos cours, auxiliaires familiers de vos jeux, confidents muets de vos conversations et de vos petits secrets, qu'ils ne trahissent jamais ?

Vous avez mis vos auteurs sous clé, et vous n'avez plus guère d'yeux et de sollicitude que pour votre valise : les seuls livres qui trouvent grâce, en ce premier jour d'indépendance reconquise, sont les livrets Chaix et les guides Joanne, ouvrages d'une composition savante, d'une science impeccable, d'une lecture substantielle, tout imprégnée d'éloquence et de poésie, — celle que vous savez y mettre, — au départ, mais voilée d'une ombre de mélancolie, et quelque peu maussade, — au retour. En rouvrant le livre d'or de vos succès, dont le dixième tome est aujourd'hui sous presse, j'ai senti grandir encore mon embarras. J'y ai relu, précédant les noms de vos anciens, des pages exquises où le plaisant se mêle au sévère, où, sous les grâces spirituelles de la forme autant que dans les solides enseignements du fond, se révèle partout l'affection que vous savez inspirer. Vous avez encore dans la mémoire et dans le cœur les virils conseils que vous adressait, l'an passé, dans une langue d'allure si robuste et si franche, le plus classique de vos professeurs d'enseignement moderne (1), succédant à cette place au plus moderne de vos maîtres de l'enseignement classique (2). Résumer, à leur louange et à la vôtre, l'histoire brillante de cette première décade de notre cher lycée, qui a produit des lauréats de marque et des champions hors de pair, avait de quoi capter votre bienveillance en apaisant mes inquiétudes : mais c'eût été par trop anticiper sur la date de notre cinquantenaire, et les aimables collègues qui m'entendent m'auraient peut-être reproché avec vous de vouloir simplifier ma tâche, sans ménagement pour leur modestie.

Parlons donc de vous et pour vous. Vous allez sans doute en grand nombre fuir Paris, et, selon vos goûts et les convenances de vos familles, retourner à la mer, aux champs ou aux montagnes. Je vous souhaite d'y retrouver la vague toujours caressante, la plaine ensoleillée et giboyeuse, les cimes sans nuages, toutes blanches sous le ciel bleu. Les plages salubres, les vallées plantureuses, les lacs pittoresques dont vous êtes les hôtes annuels, vous reverront avec plaisir ; vous y retrouverez, dans tout l'éclat de leur éternelle jeunesse, les mêmes sites gracieux

1. M. Lhomme, professeur d'enseignement moderne, chargé du discours de 1893.

2. M. Faguet, professeur de rhétorique, chargé du discours en 1892.

ou grandioses, qui sont l'enchantement des yeux, et qui pénètrent l'âme d'un charme irrésistible.

Oserai-je vous donner un conseil ? La mode est aux voyages, mode bienfaisante dont les professeurs de géographie seraient mal venus à se plaindre : mais est-ce bien voyager que de couvrir dix provinces ou même un demi-continent de fantastiques itinéraires, sans presque s'arrêter ni se reposer jamais ? Dans cet entraînement épidémique du mouvement accéléré, on en vient à mesurer les excursions au myriamètre. Où sont les diligences de nos grands'pères, tant raillées et tant maudites ? L'*express* et le *rapide* ne nous satisfont déjà plus ; on expérimente le train électrique pour les transports de demain ; le siècle expirant doit nous léguer le premier service des ballons dirigeables ; on annonce comme imminente la création du *cycle-éclair*, le véhicule idéal des temps nouveaux. On ne marche plus guère ; on se promène moins encore ; on roule ou on court, à moins, — manie plus dangereuse, — qu'on ne regarde courir, ou encore, — passe-temps moins accessible — qu'on ne fasse courir.

A votre âge, mes chers amis, préservez-vous de cette fièvre. La vie au grand air, dans le commerce de la libre nature, est un merveilleux spécifique contre l'affection courante. Vivez le plus possible à l'ombre des grands bois, et n'oubliez pas que la France possède les plus beaux, et que les sapins des Vosges et du Jura valent au moins ceux de la Forêt Noire. Qu'ils ne soient pas seulement pour vous des lieux de passage où l'on circule avec indifférence dans le sentier banal, mais des amis qu'on interroge, et qui répondent à qui sait les comprendre. Les vieux chênes, jadis chers aux bardes gaulois, se plaignent, dit-on, d'être négligés par vous ; vainement leurs branches vous murmurent de loin le *frigus captabis opacum*, trois mots de latin, que La Fontaine leur traduisait de Virgile dans un excellent français, un jour qu'assis sous leur futaie, il avait été fait juge du camp entre une tortue qui soignait ses distances et ses moyennes, — et un lièvre fanfaron, trop confiant en ses pédales, et mal stylé sur l'emploi du temps.

Mais peut-être n'allez-vous pas tous à la campagne, ou ne partez-vous pas dès ce soir, ou reviendrez-vous avant le jour de la rentrée réglementaire. En ce cas, il vous reste de belles excursions à faire, dans ce Paris que les Parisiens connaissent pour la plupart si peu ou si mal, dans ce seizième arrondissement où vous avez le bonheur de vivre, et même sans franchir les grilles de ce palais, et les limites du jardin qui l'encadre. Le Trocadéro est un monde, j'allais dire un poème, et la monographie de ce bout de colline ne sera pas un des chapitres les moins curieux de l'histoire morale, sociale et artistique du Paris moderne. C'est une ample matière qui se renouvelle et s'enrichit tous les jours par l'attrait de la frivolité mondaine, le plaisir d'une bonne action masquée sous un divertissement, l'agrément du site, le charme d'une promenade artistique à travers le monde, sans gêne, sans péril et sans frais. J'y vois l'emploi profitable de quelques-unes de vos heures de loisir : laissez-moi vous indiquer seulement, — comme d'un croquis sur le tableau noir, — le chemin en zigzag qu'on peut suivre, le vrai chemin des touristes et des écoliers.

Et d'abord quelle revue à faire autour de cet amphithéâtre, dans ce Colisée peint et capitonné de velours, imaginé moins pour le triomphe des lois de l'acoustique, que pour les nécessités de la philanthropie, devenu le temple, ou plutôt le grand salon de la bienfaisance parisienne, réserve inépuisable contre les misères de toute nature, trésor mystérieux que l'art remplit et que la charité vide! On n'entend sous cette lumineuse coupole que des paroles de paix, d'union et d'amour; le bien s'y fait généralement sans une note discordante; le mérite et, quand on peut, le génie, y sont harmonieusement récompensés. Il y a quelques années, le tout Paris y exaltait Pasteur, en dotant son Institut; hier, l'École Polytechnique, entrant, toute jeune encore, dans sa centième année, y glorifiait un long passé de succès et d'honneur, sans prévoir, hélas! que « l'antique » — antique surtout par le caractère et par le cœur — qui présidait à cette magnifique apothéose, devait sitôt, et par un coup si tragique, prendre sa place parmi les ombres de ses héros.

Vous aussi, chers élèves, vous apportez ici votre obole — une obole d'or — à de bonnes œuvres de propagande et de solidarité patriotiques, comme celle que l'*Alliance française* célébrait naguère avec tant d'éclat et d'entrain sous vos auspices, sous le patronage puissant de la Jeunesse. C'est vous encore, et vous seuls, qui occupez aujourd'hui cette immense salle des Fêtes : la famille jansonienne est devenue tribu; elle a crû et multiplié au point de la remplir jusqu'aux combles, si l'administration prévoyante, séparant les aînés des cadets, n'avait pas voulu laisser à vos mères la commodité d'entendre de plus près l'appel de vos noms, et le plaisir de voir couronner vos têtes, sans le secours des lorgnettes. De la pièce qui va se jouer tout à l'heure sur cette scène, vous êtes donc les auteurs, les acteurs et les personnages : vous êtes aussi le public et la claque. Il est temps que je m'en souvienne, moi qui fais le prologue, rôle ingrat, surtout si je pense, et non sans effroi, quels autres discours de monologues vous avez vingt fois applaudis devant ces fauteuils.

Revenons donc à mon circulaire. Hors de cet amphithéâtre, vous avez le choix entre deux galeries, et, que vous tourniez à gauche ou à droite, un musée vous ouvre de plain pied ses portes. Des deux côtés l'art décoratif du passé, l'art religieux surtout, étale à vos regards ses délicatesses et ses grandeurs. Sous les porches que vous franchissez, en face des tympans surchargés de sculptures, des chapiteaux brodés à jour, des balustrades d'une merveilleuse fragilité, devant les portes qui retracent dans leurs bas-reliefs les plus émouvantes scènes bibliques, vous êtes ramenés en plein Moyen-Age, dans ce milieu de la première Renaissance, quand l'église gothique se parait avec une délicieuse coquetterie, et que, suivant l'expression de Michelet, « la pierre s'animait et se spiritualisait sous l'ardente et sévère main de l'artiste, » assez puissant pour en faire jaillir la vie. Passant de l'une à l'autre des cathédrales écloses en ces siècles de foi triomphante, de Chartres à Amiens, de Paris à Reims, de Saint-Denis à Bourges, de Rouen à Sens, de Beauvais à Strasbourg, votre admiration hésitera entre l'imposante majesté de l'ensemble et la subtile et ravissante fantaisie des ornements et des figures. Une dernière satisfaction le plus souvent vous manquera : celle de connaître ou de distinguer les créateurs de ces chefs-d'œuvre. Ces « maîtres des pierres vives », obscurément groupés en confréries, avaient entrepris la croisade par l'art : leurs syndicats élevaient l'abnégation jusqu'au sublime, et soutenus dans leur apostolat par le souffle puissant qui « gonflait les voûtes et poussait les tours vers le ciel », ils usaient leur vie au service de leur foi, et s'immolaient sans gloire à la gloire de l'œuvre divine.

Au pied des piliers historiés d'où vous bénissent les bienheureux et les archanges de marbre, des pierres tombales pourront retenir votre attention et stimuler votre sagacité. Plus haut, tout en haut, penchées sur le vide, de fantastiques gargouilles à têtes de hideux reptiles, ou à faces de moines grimaçants, vous prouveront que le réalisme, même grossier, n'est, pas plus que le symbolisme, une invention du siècle présent. Le même ciseau des « tailleurs imagiers » qui vient de dérouler sur les voussures d'un portail les torsades capricieuses des lierres, des trèfles et des iris, ou encore les scènes terribles du jugement dernier, s'égaie un instant derrière l'échafaudage à la satire acerbe, et parfois cynique, de quelque clerc surpris à n'être plus en état de grâce.

L'art et l'histoire, vous le savez, vivent en bonne intelligence; l'un et l'autre, surtout l'un avec l'autre, opèrent le miracle des résurrections. Vous savez aussi, vous qui passez des examens, ou qui en passerez, tout ce qu'a de recommandable l'usage des révisions : la révision devient un devoir quand elle peut faire naître en votre esprit quelques... visions nouvelles. Ne vous défendez donc pas des réminiscences historiques, en vous arrêtant devant les belles fontaines, les cheminées monumentales, les fastueux tombeaux. Ne reconnaissez-vous pas quelques-uns de ces personnages de marbre, couchés dans la mort, un coussin sous leur tête, une levrette à leurs pieds? Charles le Téméraire, et sa fille, Marie de Bourgogne, qui n'ont jamais connu le repos que dans leurs sépultures; — François II, le dernier duc de Bretagne, moins obstinément breton dans son indépendance que ne sut l'être dans sa tyrannie Louis XI, qui prépara de loin, avec sa galanterie ordinaire, le mariage du dauphin Charles et de la duchesse Anne, en recommandant de mettre pour la France, comme cadeau de noces, le duché dans la corbeille; — et Louis de Brézé, le dernier de ces sénéchaux de Normandie, qui continuèrent l'œuvre libératrice de Jeanne d'Arc, « la bonne Lorraine » et se firent les Mécènes éclairés de la seconde

Renaissance à son aurore, comme ils avaient été les conseillers de l'unité française à son berceau! Citerai-je encore une statue, d'origine italienne celle-là, mais sculptée à l'honneur d'un héros bien français, Gaston de Foix, cet autre chevalier sans peur et sans reproches, comme son frère d'armes, Bayard, qu'il étonnait de son audace, alors que tous les deux, le montagnard pyrénéen et le montagnard dauphinois, montaient à l'assaut de Brescia, sans souliers dans la neige glissante, et révélaient aux fantassins français qu'ils étaient déjà, sous des chefs dignes d'eux, les marcheurs les plus agiles et les plus robustes de l'Europe?

Bornons là cette énumération : aussi bien n'ai-je pas le noir dessein de vous infliger un cours supplémentaire: un sommaire suffit, et vous aurez le plaisir de chercher les développements. Ils sont faciles, et le mérite en revient d'abord aux organisateurs de ce musée de sculpture comparée; le choix des chefs-d'œuvre, l'exécution parfaite et la rigoureuse exactitude des moulages, qui ne vous fait grâce ni d'une mutilation ni d'une meurtrissure, n'ont pas satisfait leur sollicitude; une riche collection de reproductions photographiques multiplie les termes de comparaison, achève d'éclairer vos doutes, et ne vous laisse rien ignorer de ce qu'une exposition est tenue de vous apprendre.

Montez un étage : vous franchirez plusieurs siècles, et vous entrerez dans un autre monde. Dans la cage de l'escalier monumental, éclairés par la lumière multicolore que tamisent les vitraux, vous rencontrerez des pirogues effilées, des trophées de flèches et de lances, un Fuégien enfoui jusqu'aux yeux dans une carapace faite de peaux de rat et de poisson, un Indien vêtu d'une ceinture de plumes d'oiseaux, et prêt à tirer de l'arc, et, sous une tente faite de branches de bois mal jointes et branlantes, trois sauvages, à peine garantis contre le froid par des toisons en loques. Sur le palier les bustes de Lapérouse et de Bougainville vous souhaitent la bienvenue; plus loin celui de Jules Crevaux semble vous ouvrir ces galeries de l'Amérique indienne qui racontent ses explorations fécondes, son énergie calme, sa bonté patiente et sa mort injuste. C'est à lui, et à ses émules, Charnay, Lucien Biart, Chaffanjon, Coudreau, que vous demanderez de vous initier aux coutumes et aux mœurs des races expirantes du Nouveau-Monde. Ils vous révéleront les secrets de leurs armements et de leur défense, leurs superstitions, leurs fêtes, leurs sacrifices; ils vous diront qu'ils ont rencontré dans la prairie plus d'un descendant de *Bas de Cuir*, le chevalier de la forêt vierge, le trappeur favori des romans de Fenimore Cooper — qu'on ne lit plus guère; — ils vous montreront quel ravissant collier un Roucouyenne sait tresser avec des élytres de chrysophores, ou des becs de toucans, ou des coquillages microscopiques; et comment on pratique en Amazonie l'art de plumer un perroquet pour s'en faire un casque de guerre, ou d'empoisonner une flèche qui donnera la mort sans remède. Grâce aussi à leurs efforts, les civilisations de l'ancienne Amérique n'auront pas disparu tout entières; la science des Américanistes du dix-neuvième siècle, en s'appliquant à en sauver les restes, à en fouiller les mystères dans les nécropoles de Cuzco, et dans les temples de Palenque ou de Tula, répare à sa manière les cruautés et le vandalisme des conquérants du seizième.

Plus vivaces que les guerriers au teint de cuivre, les nègres ont résisté aux guerres incessantes, aux férocités de la traite, aux ravages des liqueurs fortes. Pénétrons dans la salle d'ethnographie africaine par la grande porte, celle qui s'ouvre sur l'Algérie et le pays kabyle.

Un chef arabe superbe, en grand costume, faisant face à une Tunisienne parée de tous ses atours, semble monter la garde devant les vitrines garnies des échantillons de choix des industries du continent noir. Si, pour la plupart, elles ne s'imposent ni par la délicatesse, ni par le bon goût, vous ne leur reprocherez pas du moins de manquer d'originalité. Vous sourirez à voir ces deux forgerons soudanais robustes, aux membres luisants et peu vêtus, réduits comme outillage à une enclume, à un marteau, à un soufflet d'une simplicité primitive; vous n'aurez que du dédain pour les pagnes grossiers des indigènes de la Gambie, pour les brosses à cheveux des grandes dames de Madagascar ; les tambours de l'Ouganda vous étonneront par leurs dimensions, et les boucliers du Masaï par leur ampleur. Mais vous ne verrez pas sans intérêt les selles et les harnais des cavaliers abyssins, les étoffes de couleurs éclatantes, les burnous, les fins bijoux, les maroquins brodés d'or ou d'argent, produits de l'industrie barbaresque, et ces longs fusils ouvragés, armes de fantasia ou de combat, pareillement redoutables aux mains de ces croyants fanatiques qui sont toujours disposés à faire parler la poudre.

Le général Dodds vous a tout récemment ménagé d'autres surprises. Vous pourrez fermer les yeux sur les portes du palais de l'ex-roi du Dahomey, œuvre d'un ébéniste local sans avenir ; mais vous plaindrez rétrospectivement cette majesté d'ébène réduite à s'asseoir sur le siège royal en bois jaune, très dur, qu'on vous exhibe, affreux escabeau où l'on voit, sculptées en file autour de leur seigneur et maître, les épouses royales, tenant dans leurs mains les insignes de la souveraineté, le tabouret, le parasol, la pipe, la pipe surtout, avec une large sacoche en cuir pour le tabac. La France, toujours généreuse, a laissé cette pipe de consolation au monarque détrôné, dans sa captivité très douce de la Martinique, où du moins le tabac ne lui manquera pas. Près de ce trône vacant, se dressent, debout sur la même estrade, les statues royales en bois peint de Gézo, de Glégle et de Béhanzin, la première à tête de cheval, la deuxième à tête de poisson, la troisième au naturel, et plus laide que les deux autres ; toutes les trois, le poing menaçant, tendu vers je ne sais quel ennemi invisible. Devant elles, ô ironie des rapprochements! s'étale l'immense plan en relief de la plaine égyptienne de Giseh : du haut des pyramides quarante siècles de civilisation contemplent ces trois fantoches qui furent les derniers successeurs d'abominables bourreaux.

A deux pas du grotesque, l'atroce. Regardez dans cette vitrine isolée ces liens de fer, ces entraves, ce carcan, ce fouet à manche court, à longues cordes usées. Au fond, sur le mur, deux tableaux dont Livingstone a fourni le sujet, toujours actuel, en donnent le commentaire navrant. Dans le premier, un village en flammes, une fusillade terrible, des nègres morts ou mourants, des femmes et des enfants garrottés, enfermés dans un cercle de fer et de feu; — dans le second, une longue file d'hommes, de femmes et d'enfants liés ensemble, les mains enchaînées, le cou serré dans l'enfourchure d'une forte branche, s'avancent à travers la brousse déserte; un des captifs, succombant à la fatigue, est frappé d'un coup de hache et abandonné sur place; une mère, pour porter son enfant épuisé, rejette le fardeau dont on a chargé ses épaules, et le conducteur leur brûle la cervelle à tous les deux.

C'est pour mettre un terme à ces horreurs que la France du dix-neuvième siècle s'est faite sous tous les régimes puissance africaine. Elle ne croit pas qu'un peuple civilisé soit quitte envers l'humanité, parce que ses explorateurs ont découvert un nouveau lac ou quelque rivière ignorée, parce que ses armateurs ou ses compagnies de commerce ont échangé une cargaison de cotonnades contre un chargement d'ivoire ou d'huile de palme. L'œuvre qu'elle poursuit sur le Sénégal, le Niger et le Congo, comme celle qu'elle a si heureusement achevée dans l'Atlas, ne se mesure pas seulement au chiffre du tonnage et aux dividendes de l'exploitation. C'est pour une cause plus haute et plus sainte que Faidherbe, Duveyrier et Lavigerie, Brazza et Binger, Monteil et Mizon ont prêché, lutté et souffert; que nos soldats et nos voyageurs ont bravé les indigènes et le climat, plus meurtrier que les indigènes; que Flatters, Debaize, Crampel, Bonnier sont morts!

Mais voici l'heure où l'on ferme; vous n'avez plus que le temps de faire le tour de nos provinces de France, heureusement groupées et personnifiées en des types d'une vérité saisissante, modelés d'après nature. Vous demanderez à l'histoire l'explication de ces tableaux vivants, et à qui, si l'on vous fait juges, décerner le prix d'excellence dans le palmarès national, à la ténacité bretonne, à la finesse normande, à la patience auvergnate, à la rondeur bourguignonne, au panache gascon, ou à l'exubérance provençale... je n'achève pas la série. Peut-être donnerez-vous la préférence à la fidélité touchante de ces provinces qui ont plus souffert et qui sont proscrites : toutes d'ailleurs, quelles qu'elles soient, tôt ou tard agrégées au faisceau commun, vous paraîtront mériter des mentions très honorables. Si diverses en apparence par la physionomie et le costume, par les traditions, les mœurs et les dialectes, toutes se sont volontairement fondues en un peuple unique : sous tous ces cerveaux la même pensée fermente; dans toutes ces poitrines bat un seul cœur.

Les émotions, même les plus douces, fatiguent à la longue, et, pour n'être pas accusé de surmenage, je vous invite à vous reposer dans le jardin. Sans peine vous trouverez dans un bon coin, à l'ombre d'un marronnier ou d'un saule, quelque banc bien abrité, sous un massif fleuri. Les pensionnaires du lieu vous en feront les honneurs : vous y verrez les pinsons familiers voleter dans les branches, les merles peu farouches se désaltérer dans un ruisseau sympathique, et les moineaux sans gêne prendre intrépidement leur douche sous le tuyau municipal, providence intarissable des gazons, des parterres et des oiseaux que M. le Préfet de la Seine entretient et protège.

Aimez-vous la topographie rétrospective? Vous plaît-il d'interroger un coin de terre sur son passé, de rechercher son origine et ses titres? Vous avez là de quoi vous satisfaire. Cette butte du Trocadéro fut longtemps sans histoire, comme les collines heureuses. Elle était même sans nom, quand déjà Chaillot dont elle formait une dépendance, et Passy dont elle était le rempart, avaient conquis une réelle célébrité. Bâti à l'extrémité de l'allée des Veuves et du Cours la Reine, non loin de l'endroit où le ruisseau des Percherons, descendu de Ménilmontant par les terrains vagues de la Petite Pologne, jetait à la Seine ses eaux fangeuses, Chaillot possédait le cabaret de la Grande Pinte, très fréquenté du temps de Ramponneau, la Savonnerie, qui fabriquait de magnifiques tapis, un château construit par Catherine de Médicis et embelli par Bassompierre, l'ami des gais festins, et surtout le couvent de la Visitation, fondé par Henriette de France, alors proscrite et veuve, qui y vécut et y mourut, peu avant que Mlle de la Vallière vînt y faire une première retraite.

La fortune de Passy fut plus rapide et plus brillante.

Sa première maison remontait, dit-on, à 1250. Entouré d'une forêt, la forêt du Rouvret, qui s'étendait sur toute la boucle de la Seine, le modeste village se plaignit à Charles V des ravages causés par les lapins. Le bon roi octroya aux habitants le droit de clore leurs propriétés de murs faits à chaux et à sable, et de détruire l'ennemi ; si bien, écrit un historien, que le lapin, après avoir été la terreur de Passy, en fit les délices. La gibelotte y devint légendaire. On y vantait surtout la pureté de l'air, la beauté du site, les délices des promenades, et l'efficacité des eaux minérales, ferrugineuses, sulfureuses et balsamiques, attestée par la Faculté de médecine. Est-ce pour toutes ces raisons qu'on louait en même temps la politesse et la douceur des habitants et qu'on les surnommait les *câlins*, tandis que les villageois de Chaillot, à cause de leur agitation, étaient qualifiés d'*ahuris*? Aussi quel succès pour Passy !

Si je n'étais bien résolu à m'enfermer dans ce domaine du Trocadéro, j'aurais plaisir à rappeler au moins les noms des hôtes de distinction qui ne cessèrent pas de s'y plaire : Jean-Jacques Rousseau y écrivait le *Devin de Village*, en prenant les eaux ; Rameau y composait des opéras, et Marmontel ses *Mémoires* dans le château de M. de la Pouplinière, le fameux fermier général appelé le *Sultan*, qui avait fait de sa somptueuse maison de Passy, comme on disait alors, « le Temple des Muses et des Plaisirs ». Les noms illustres que vous lisez sur les plaques de vos rues et de vos avenues racontent un passé éclatant de gloire littéraire et politique, scientifique et artistique; mais ces rues et ces avenues, qui ont souvent pris la place de villas renommées et de bosquets historiques, ne suffisent plus aux noms, depuis surtout qu'avec un zèle pieux, et une parfaite compétence, la *Société historique d'Auteuil et de Passy* s'est faite la gardienne vigilante de ces souvenirs, et recherche, et retrouve, en cent endroits divers, la trace des événements et des hommes du temps passé : Molière et Boileau, Racine et La Fontaine, à Auteuil; Latour, Franklin, Helvétius, Chénier, d'Estaing, Bérenger, à Passy... J'en omets, et, parmi eux, les grands contemporains que vous avez presque connus, Lamartine, Henri Martin, Victor Hugo. Encore la Société historique n'a-t-elle voulu dans son programme que rendre hommage à ceux qui ne sont plus !

Les destinées du Trocadéro furent plus modestes. Un plan de Paris, vieux de deux cents ans, y montre un couvent, fondé ou doté par Anne de Bretagne, au profit de religieux Minimes qu'on appelait les *Bonshommes*. Le couvent était situé à mi-côte, et les jardins, plantés de beaux arbres, s'étendaient jusqu'à la Seine.

Du haut de leurs terrasses, les Bonshommes pouvaient assister aux joutes des mariniers du Gros-Caillou, suivre de loin les exercices physiques des écoliers du temps, jeux de paume, du battoir et du ballon, dans les fossés du Cours la Reine, et voir passer sur la route les grands carabas, sur le fleuve les massives galiotes qui menaient pour cinq sols les promeneurs du Pont Royal à Saint-Cloud. Vous avez lu que Molière, dans son bateau, descendant de Paris à Auteuil, en compagnie de Baron et d'un religieux du couvent, se querellait avec son ami Chapelle sur les atomes crochus, celui-ci tenant pour Gassendi, et celui-là pour Descartes ; et que Turenne et Paul de Gondi, au retour d'une fine partie à Saint-Cloud, dégainèrent en cet endroit contre des diables qui firent un plongeon dans la rivière. C'était « à la fine pointe du jour », et les diables, fort épouvantés, expliquèrent, non sans peine, aux deux matamores, qu'ils se contentaient d'être des religieux Minimes, occupés à prendre sans ostentation leur bain matinal (1).

Derrière le couvent, la vue s'étendait sur des champs et des vignes, et sur deux moulins : le meunier y avait la vie facile, et de l'air à sa guise,

> Et, de quelque côté que vînt souffler le vent,
> Il y tournait son aile et s'endormait content.

Le lieu était cher aussi aux maçons et aux entrepreneurs de bâtisses : de ses carrières profondes une ville entière est sortie. Dans les galeries souterraines, avec les blocs calcaires, on exploitait une argile renommée. Piganiol de la Force rapporte que les carriers de Passy vendaient aux apothicaires de Paris, « qui en faisaient un esprit de vitriol pour guérir les fièvres intermittentes, les pyrites qu'on découvrait dans la glaise (2) ». La recette de ce vitriol médicinal est aujourd'hui perdue, et nous ne devons pas moins la regretter que les eaux minérales, dont il semble bien qu'on a eu l'imprudence de laisser tarir les sources.

Quand les Bonshommes et la Visitation disparurent, il ne resta plus qu'un désert demi sauvage, escarpé et hérissé, enfer des carriers et paradis des chèvres. En 1812, un arrêté ferma les carrières, et l'on commença les fouilles et les travaux pour la construction du palais du roi de Rome. L'empereur avait imaginé pour son fils un autre Versailles, plus extraordinaire encore que celui du Grand-Roi. Le plan était grandiose : sur trois étages de soubassements superposés s'élèverait le majestueux édifice, dominant la Seine et le Champ de Mars. Au levant, le palais des Archives de l'État, le palais des Arts, le palais de l'Université, un autre palais pour le Grand-

1. Mémoires de Retz, livre Ier.

2. *Piganiol de la Force*. Descr. hist. de la ville de Paris et de ses environs, I, 52.

Maître, et des habitations plus modestes pour les professeurs émérites, les savants, les hommes célèbres qui, par leurs services ou leurs talents, auraient mérité d'être logés aux frais de l'État; au couchant, au delà de l'Ecole militaire, un hôpital, des casernes, des magasins, des maisons de retraite..., toute une cité monumentale érigée à la gloire du maître du monde. Le vent de la défaite emporta ce beau rêve. Sur le coteau dévasté, les Cosaques campaient en 1815. Plus tard, on y vit une manufacture de coton, des moulins à vapeur, une raffinerie de sucre; la Muse de Passy en frissonna, mais en fut quitte pour la peur. Louis XVIII y donna une grande fête, il y projeta à son tour un monument commémoratif de la prise du Trocadéro : de là le nom désormais appliqué à la butte : c'est là, je crois, tout ce qu'elle a gardé d'espagnol.

Enfin parut le magicien, — c'est M. Alphand que je veux dire, — qui nivela les promontoires, combla les abimes, et jeta sur les fondrières, asile des truands, où l'on s'égarait le jour et où l'on s'égorgeait la nuit, un manteau de verdure et des tapis de fleurs. L'escalier monumental de 1867 a fait place à la cascade de 1878 : de cet affreux chaos, inépuisable gîte de fossiles rares, le grand architecte a fait une école de pisciculture qui engraisse des anguilles et des saumons dans les fraîches profondeurs d'un aquarium. Je me garderai de vous parler des vastes souterrains où se dressent les piliers géants qui portent les jardins suspendus, les musées et les gradins de cette salle des Fêtes : peut-être vous sentiriez-vous moins à l'aise, en songeant que ces planchers reposent sur des voûtes de catacombes !

Notre excursion est déjà bien longue, mes chers amis, mais vous ne voudrez pas quitter le balcon de ce belvédère sans embrasser d'un dernier regard le magnifique tableau que les Bonshommes ne pouvaient pas contempler. Sous la douce lumière d'un ciel légèrement voilé d'une brume transparente, votre œil mesurera en un demi-tour d'horizon le passé et le présent de la grande ville, depuis les coteaux de Meudon semés de blanches villas et de débris de forêts échappés à la rage des défricheurs, jusqu'à la colline Montmartre, sentinelle avancée de la vieille Lutèce, ruche laborieuse et parfois grondante du Paris contemporain.

Au-dessus des bruits tumultueux dont l'écho, même affaibli, ne monte pas jusqu'à vous ; plus haut que la forêt de cheminées, de girouettes, de toits pointus ou arrondis sous lesquels s'abrite tout un monde qui travaille, qui s'amuse, qui médite ou qui souffre, huit siècles d'histoire vous apparaissent dans les flèches aériennes, les tours majestueuses, les monuments de tous les âges et de tous les styles, symboles vivants de nos traditions et de notre idéal, témoins respectés de l'unité de la patrie. Chacun d'eux dépose en faveur de l'œuvre commune : noblesse et clergé, royauté et tiers-état ont transmis à la démocratie ce riche legs de souvenirs, patrimoine inaliénable, héritage indivis qui oblige ceux qui l'ont reçu à vivre et à se dévouer ensemble pour le garder intact et l'enrichir encore.

L'âme de la France habite ces monuments : Notre-Dame, la Sainte-Chapelle, le Louvre, vrais livres d'histoire, et comme dit encore Michelet, « grands registres des destinées » de l'ancienne monarchie ; l'Hôtel de Ville, bâti et rebâti à la place du modeste *parloir aux bourgeois*, où retentit la voix d'Etienne Marcel, où veillèrent au salut et à la splendeur de Paris ces dynasties bienfaisantes des prévôts des marchands, plus jaloux de sa grandeur que de leur popularité ; — elle rayonne sur le dôme des Invalides, mausolée incomparable où dorment dans l'éternel repos de la fraternité militaire les héros de nos guerres épiques; — elle plane sur la coupole du Panthéon que la France reconnaissante a donnée comme tombeau au poète sublime qui remplit tout le siècle de son génie, et au grand citoyen dont les vertus civiques ont été, jusque dans la mort, la parure et le bouclier de la République.

Dans notre voisinage immédiat, dominée par la fameuse tour, formidable hampe de fer qui porte haut, très haut dans l'espace les trois couleurs nationales, cette plaine, jadis le Champ de Mars et désormais le Champ de Minerve, de Flore ou d'Apollon, vous rappelle les fêtes théâtrales de la Révolution et de l'Empire, et surtout les trois Expositions de ce dernier quart de siècle, où les Etats-Unis du monde ont tenu, à l'appel et sous la présidence de la France, le congrès universel de la science, des arts et de la paix. C'est notre Olympie, à nous, et la France s'en souvient, quand avec sa bonne grâce et son entrain habituel, elle accepte au dehors, sûre de sa valeur et confiante en leur impartialité, les défis courtois des nations rivales. Ainsi la verrez-vous retenir sa place et tenir son rang dans ce concours international des jeux Olympiques, où, sur les bords de l'Alphée ou de l'Ilissus, on nous annonce la restauration du *Pentathlon* dans la carrière. Voici l'heure, mes chers amis, de vous remettre au grec ; la langue de Périclès, si riche et si souple, impose déjà partout son vocabulaire dans le *stade cosmopolite* du *pneumatique* et du *cycle*.

N'oubliez pas d'ailleurs qu'entre le disque et la double course, les Pindare et les Eschyle de l'ancienne Grèce se disputaient aussi la couronne de chêne et le trépied d'argent du championnat. Préparez-vous au lendit universel de la première année de la deuxième Olympiade, c'est-à-dire de l'an 1900. Dans cet amphithéâtre, et sur ces pelouses du Trocadéro, nous serons heureux d'applaudir à vos inspirations de poètes et d'artistes, à la grâce et à la force de nos éphèbes, beaux comme des dieux antiques.

Encore un mot, et je finis mon catalogue. Au terme de cette promenade à travers le Trocadéro, qui est, lui aussi, comme le Bois de Boulogne, un Parisien « ajouté à la nature », mais un Parisien en tenue de ville, vous me reprocheriez d'oublier ceux à qui sont confiées les destinées morales et matérielles de cette grande province verdoyante et fleurie. Qu'il me soit permis, en votre nom, au nom du lycée Janson tout entier, d'adresser une prière à M. le député du XVIe arrondissement qui nous fait l'honneur de présider à cette fête de famille : c'est qu'il veuille bien transmettre à M. le maire de Passy et à ses collaborateurs distingués notre vive reconnaissance pour l'intérêt qu'ils prennent à vos succès, et pour l'hospitalité toujours aimable qu'ils offrent à vos réunions de bienfaisance. Ils pratiquent, comme nous, le culte des ancêtres ; ils savent toute la force que donnent à notre éducation universitaire les beaux exemples et les grands noms ; ils comptent, avec vos familles, avec vos maîtres, que les lycéens de cet arrondissement privilégié, où les dix-neuf autres, sans compter l'appoint de l'étranger, apportent volontiers leur dilettantisme, leur farniente et leur jargon, continueront à parler, à penser et à agir en bons Français.

L. LANIER.

IMP. [illegible], 8, RUE CAMPAGNE-PREMIÈRE, PARIS

www.ingramcontent.com/pod-product-compliance
Lightning Source LLC
LaVergne TN
LVHW050509160826
845677LV00003B/1024